MITOS Y DIOSES
CHIBCHAS

Carolina Prieto Molano
Ilustraciones de Alfredo Vivero

MAGISTERIO
EDITORIAL

Colección Mitos y Leyendas

MITOS Y DIOSES CHIBCHAS

© Carolina Prieto Molano
© Ilustraciones: Alfredo Vivero

ISBN del libro: 978-958-200719-5

Primera edición: 2006
Reimpresión: 2018

© Cooperativa Editorial Magisterio
 Diagonal 36 bis # 20-70 *(Parkway La Soledad)* PBX: 3383605/06
 Bogotá, D.C., Colombia
 www.magisterio.com.co
 info@magisterio.com.co

Dirección General: Alfredo Ayarza Bastidas
Dirección Editorial: Pío Fernando Gaona Pinzón
Diseño de la colección: Ródez

Impresión:

A mis hermanos
Emilya, Adolfo, Julieta, Hernán y Alexandra
A nuestros juegos de niños
A las tardes y noches de risas y algarabías

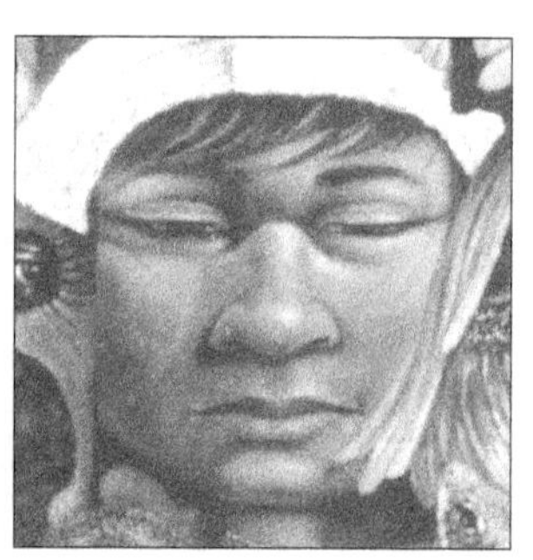

Prieto Molano, Carolina
    Mitos y dioses Chibchas / Carolina Prieto Molano. — Bogotá: Editorial Magisterio, 2006.
    92p. ; 20 cm. — (Colección Mitos y Leyendas)
    1. Leyendas colombianas 2. Chibchas - Leyendas 3. Mitología chibcha 4. Agua - Cuentos 5. Mitología indígena I. Tít. II. Serie
398.20986 cd 19 ed.
AHP8187

CEP-Banco de la República-Biblioteca Luis-Ángel Arango

MITOS Y DIOSES
CHIBCHAS

Contenido

Nota inicial

La naturaleza es la fuente de inspiración de la mitología indígena. Son los dioses y los mitos de los chibchas, los habitantes del altiplano cundiboyacense —al centro de Colombia, cuyo telón de fondo es la cordillera oriental y las frías lagunas sagradas— los que ocupan estos textos.

Los mitos cuentan el origen de las cosas, de los dioses, de los hombres, de los gobernantes, de las montañas, de los animales. Los seres se mezclan y las historias se cuentan de generación en generación, volviéndose el alma colectiva del pueblo. Algunos de los relatos aquí narrados, están contenidos en el libro de crónicas de la conquista colombiana, *El Carnero* de Juan Rodríguez Freyle, como ocurre con el Cacique Guatavita, con Bachué y con Bochica. Otros, los conocemos desde que éramos niños y asistíamos a la escuela primaria, cuando nos hablaban de la luna, de Hiraca, de las serpientes y también de Bachué y se complementa con otras fecundas madres que deambulaban por el continente; otros, como la creación de los venados, las guacamayas y el maíz, son producto de la investigación realizada por Lilia Montaña de Silva Celis y publicada en su libro *Mitos, leyendas, tradiciones y folclor del Lago de Tota,* uno de los lagos sagrados que tenían los chibchas en su territorio, que como todas las demás estaba poblado de seres fantásticos y tenía la particularidad de ser el más cercano al Valle de Iraka, el lugar escogido como morada de Suamox, el Sumo Sacerdote entre los chibchas.

Del mar llegaron. Llegaron los esperados, la profecía anunciada, la profecía cumplida, llegaron hombres barbados. Montados en bestias, cargados de malicia, cargados de codicia, de lujuria, de pecados, las bestias llegaron. Y lo arrasaron todo, todo lo cambiaron, en el nombre del Padre y del rey Fernando. Y nosotros los dejamos, lo permitimos confundidos por el metal, los relinchos y ladridos, el ojo azul, la luenga barba. La promesa del Dios cumplida. La promesa que regresaba.

Y se llevaron todo y lo quemaron todo. Nuestras riquezas, nuestra cultura, la dignidad, las ganas de luchar, las esperanzas, hasta las profecías que lo anunciaron, pintadas en los libros, talladas en la piedra, escritas en el alma del hombre americano.

Pero no todo se perdió. Nos quedaron recuerdos, historias, mitos, leyendas que aún hoy contamos, cantamos, rescatamos.

Esa labor creadora de recrear un mundo, de volver a sembrar, de rescatar valores y principios transformados u olvidados no es fácil, pero es lo único que nos puede permitir identificarnos como nación, como individuos, como

grupo étnico y cultural en un mundo que orientan hacia la globalización, hacia identidades falsas, foráneas, manipuladas.

Pintar con las palabras, crear o re-crear un mundo, una cultura desaparecida, un universo lleno de imágenes de tal manera que al cerrar los ojos el lector pueda ver ciudades, pueblos, paisajes, personajes tomando vida, implica primero conocimiento de las situaciones y un convencimiento total para poder transmitirlo. Carolina Prieto Molano, basándose en los recuerdos de los recuerdos que quedaron, en los mitos y leyendas de los Muiscas, les da vida nuevamente con un lenguaje apropiado y rico, fecundo en imágenes, pleno de sentimientos positivos y generosamente construido y lo más importante, pensado para niños, presente y futuro de nuestra identidad herida.

ALVIVERO

Bachué, luna desnuda

A ciencia cierta es muy poco lo que de ella se sabe. La verdad es que sólo se sabe que en épocas muy remotas existió una mujer muy hermosa; que no nació allí sino que llegó; que no llegó por el aire como suelen ser las apariciones, sino que salió del agua; que esa agua no era calientita, sino que era helada como el páramo, allá en Boyacá, en la laguna de Iguaque, donde las nubes se caen y no dejan divisar los picos de las montañas; que no vino sola sino que la acompañaba un niño de tres años; que cuando apareció no se oscureció la tierra, no temblaron las entrañas, sino que asomó con una corona de luz que resplandeció el mundo entero; que no llevaba finas y trabajadas vestiduras, sino que iba completamente desnuda; que caminó mucho, mucho, bajando la serranía, y cuando llegó a la llanura, no construyó una iglesia, sino que construyó una casita para ella y el pequeño, y esa fue la primera choza; que luego, cuando el niño dejó de ser niño no se fue de la casa, sino que ella dejó de ser como una madre para él, y ambos fueron hombre y mujer para casarse en un secreto ritual, y que este fue el primer matrimonio de la tierra; que no tuvieron un hijo único, ni tres, ni siquiera contables con los dedos de las manos, sino que por cada parto nacían cuatro a seis muchachitos; que no vivió en un solo lado, sino que fue una feliz andariega que con su marido recorrieron toda la tierra chibcha y dejaron hijos por todas partes; que cuando ya había poblado el mundo y se volvió viejita y se arrugó como la piel de los árboles, llamó a todo su pueblo, orgullosa les habló a sus pobladores, les recomendó paz y armonía y junto a su hijo-esposo regresaron a la laguna de donde habían salido, y se convirtieron en dos grandes serpientes; que en resumidas cuentas fue la madre del género humano y gracias a ella se pobló el mundo de chibchas primitivos con una sola madre: Bachué.

Hay quienes dicen que Bachué tiene varios nombres y suele aparecer de diversas formas. Se llama *Pachamama* entre los incas, en el Perú, diosa de la fertilidad y del suelo; se llama *Caa–Yari* entre los guaraníes, en Argentina, la madre de la yerbamate; se llama *Citlalicue* entre los mexicanos, la diosa creadora. De ahí que sea la madre de la fertilidad, de la

tierra. Pero no sólo de la tierra; también madre del agua, de las lagunas, del útero de la tierra, de los ríos que serpentean en su honor, recordando la serpiente en que se transformó. Por ello hay que festejarla, cortejarla y engalanarla con figuritas de oro para fertilizarla, y así lo atestiguan los enterramientos y santuarios y las lagunas de Guatavita, Tota, Ubaque, Fúquene y de donde surgió: Iguaque.

Sin embargo, hay quienes dicen que esta madre de la humanidad no era tan buena. Hay también quienes dicen –como algunos cronistas de España– que Bachué es la mismísima *Huitaca,* la diosa rebelde. Y eso no es de extrañar, pues los dioses tienen permiso para significar dos cosas y más cuando pertenecen al sexo femenino. En realidad, como *Huitaca,* no fue una diosa que hiciera maldades, sino que predicó la necesidad de una vida ancha, alegre, lisonjera, llena de juegos, placeres y borracheras, que se oponía a las enseñanzas de Bochica, el dios civilizador. Ahí los comentarios suelen ser diversos. Algunos dicen que Bochica se enojó tanto, que la castigó, le dio plumas y la convirtió en lechuza para que merodeara solamente de noche. Otros, que subió al cielo y se convirtió en luna: en la diosa *Chía.* Cuando *Chía* está llena sale cada noche más tarde y más tarde, hasta que sale por la mañanita y se junta con el sol, *Sué*; además cuentan que es tan vanidosa, que cambia de ropa cada mes: cuando está creciente se viste con ropa vieja; después se baña, se pone vestido nuevo y sale limpia y hecha una muchacha; luego engorda y envejece otra vez, y así todos los meses.

En todo caso Bachué no fue una defensora del patriarcado, ni de la herencia paterna, pues enseñó que la familia y los títulos se heredan por línea materna. Tampoco fue una diosa santurrona, ya que, como todos los dioses americanos, defendió la parranda de toda su gente con bailes, fotutos y ocarinas, máscaras rituales y chicha, hasta cuando llegaron unos hombres blancos y barbudos que dijeron que no era diosa sino demonia; y aún así los chibchas la seguían adorando pues ellos no entendían cómo adorar a un dios invisible que además estaba en todas partes; que no necesitaban de flautas y maracas, sino de pianos y órganos; que no se festejaba con alegría sino postrados muy silenciosos; que no permitía desnudeces, pues eran en exceso pecadoras, sino que imponía vestiduras sin importar que con ellas ocultaran los pecados; que también necesitaban ofrendas de oro, no en figuras mágicas como finalmente las hacían los chibchas para arrojarlas a las lagunas o enterrarlas, sino derretidas y pesadas en kilogramos.

Por ello, años más tarde, siglos después, por siempre, Bachué sigue merodeando el planeta; aparece y desaparece noche a noche con la luna que coqueta cambia de traje para lucir su hermosura y envolver la piel de las mujeres que se erizan con un guiño de ojo, una caricia, y anhelan perderse

en la noche o en la laguna de Iguaque que pone la piel arro-
zuda por el frío del páramo, cubrirse entre nubes blancas para
invitar a la desnudez con que apareció Bachué, y con ella a
la fertilidad: a ser madres creadoras...

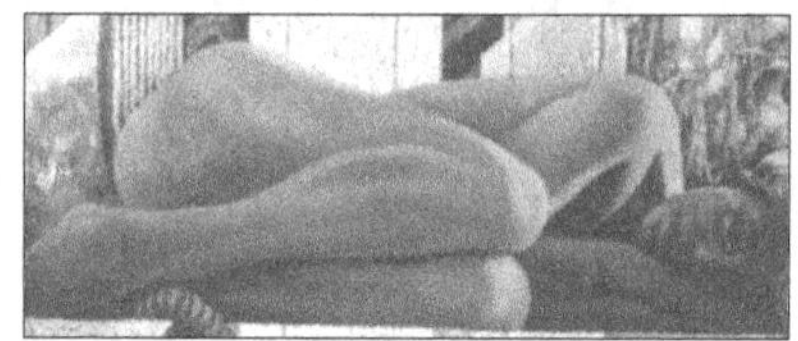

De él cuentan maravillas. Cuentan tantas cosas que en la antigüedad y en la actualidad su capacidad de ser dios y de ser hombre se confunden. Cuentan que por agua vino y por agua se fue. Que llegó de Oriente y por allí mismo partió, con la promesa de que regresaría.

Con su tez blanca anduvo por el suelo y por la mitología americana como héroe civilizador que conjugó la ternura y la dureza, la fantasía y la realidad, lo humano y lo divino. Y dejó huellas inconfundibles de su presencia en diferentes sitios.

Bochica recorrió el altiplano cundiboyacense, es decir, el territorio chibcha. Este hombre blanco, infinitamente viejo, que llegó a las veinte edades y cada edad tenía sesenta años, de cabello blanco y barba canosa tan larga que le llegaba hasta la cintura, caminó descalzo y se vistió como los mismos chibchas: con una cinta sobre la cabeza y una liquira: aquella manta anudada al hombro derecho, sobre una túnica que va del cuello a los tobillos. Enseñó con palabras y con

obras. Por eso dejó pintados telares en algunas piedras lisas y lustradas, para que ni el sol ni el agua los borraran: para que no se olvidaran. En sus diversos nombres se identificó con el sol, *Sué*.

Pero, ¿qué fue lo que hizo para tener tantos seguidores? Para que luego de marcharse, todos los indígenas agradecidos le tributaran honores divinos? ¡Parece que fue mucho lo que hizo! Mágicamente, este extranjero, trotamundos infatigable, instruyó a los aborígenes del nuevo continente y les enseñó a vivir en comunidad. Este caudillo de ayer, fue el genio de los vientos, prudente y sabio, benéfico y justo, manso y amoroso, y predicó el amor y la solidaridad en la comunidad, para que los hombres se comportaran como en familia, de manera que si uno se hacía daño y lloraba, los demás lloraran con él, como si el dolor se prolongara y pasara mágicamente de unos a otros. Sin embargo, ese no fue su principal legado. Su mayor tesoro está en que este héroe enseñó a los indígenas a tejer la tradición.

Y, ¿cómo es posible tejer la tradición? Con hilos de ensueño, telares de magia, colores del arco iris y el ingenio y laboriosidad en las manos de los habitantes del continente. Con el telar no sólo se tejió la ropa de la familia para el diario o la fiesta. Desde cuando los pequeños aprendían a caminar, compartían el trabajo de los padres y aprendían todas las artes del tejido: ayudaban a la madre a teñir los hilos en forma tan perfecta, como si se sembraran y recogieran rojos, amarillos, morados, blanquecinos, verdes, azules, anaranjados y casi negros. En ese momento, como por hechizo, se trenzó la luz de la tradición y se reflejaron en los tejidos el arco iris y el colorido de la misma naturaleza: aquellos colores que brotaban de plantas y animales.

Todos sabían qué plantas, frutos y animales proporcionaban el color. El rojo, de las semillas del achiote; el negro, de la semilla del árbol de genipa o genipapo; el púrpura, de conchas marinas; el azul, de las flores de curubo y papa o de las pepas del aguacate; el amarillo, de las raíces de la yerba de lengua de vaca y de las semillas de bija. Y lo sabían pegar con guarapo de aguacate, cal apagada, dividivi, naranja agria, penca, sábila, barro cocido, corteza de aliso, orines, y lejías de madera.

Curiosamente este dios civilizador, máximo héroe que antes de ser dios principal fue el mejor de los reyes y el más benéfico gobernante, no sólo existió entre los chibchas. Existió con diversos nombres a lo largo de todo el territorio americano. Y de tanto andar y andar, llegó a todos sitios, y se llamó *Quetzacóatl* o *Serpiente Emplumada* entre toltecas y aztecas en México; *Kukulkán* entre mayas, también en México y Guatemala (en Centro América); *Viracocha* entre los incas en el Perú; *Pay Zumé* entre los indígenas de Brasil y Paraguay.

Pero resulta que como dicen los abuelos, lo que por agua viene, por agua se va... Y el héroe civilizador de los variados nombres decidió marcharse. Un día, de pronto, se embarcó en la canoa de sus sueños, para intentar regresar al Oriente, su lugar de origen. Bochica desapareció en el pueblo de Iza, y allí dejó como recuerdo de todos los moradores la huella de su pie estampada sobre una piedra y pintó telares en otras piedras lisas.

¿Por qué se marchó? ¿Acaso los dejó para probar su capacidad de vivir en armonía? ¿Acaso se entristeció tanto de que no hubiera paz y armonía, y frustrado partió? ¿Acaso creyó que era suficiente con lo que había enseñado? ¿Sería el deseo de andar de un lado a otro lo que lo obligó a partir? O, de pronto, quiso buscar otro lugar para seguir enseñando...

En últimas, nadie sabe por qué se fue... Lo cierto es que se marchó, pero en su deseo de permanecer en los corazones indígenas prometió regresar o, por lo menos, si él no podía, enviaría mensajeros con sus enseñanzas. Y los indios que instruye, que esperan anhelantes su regreso, creen – y se equivocan – que aquellos seres blancos y barbados, que llegaron precisamente por el mar y desembarcaron de tres barcos, la Pinta, la Niña y la Santamaría, eran su figura multiplicada, eran sus emisarios...

Esa creencia facilitó la dominación y los doblegó. La utilizaron los conquistadores en México, en el Perú entre los incas y Gonzalo Jiménez de Quesada entre los chibchas, en Colombia. Hombres blancos que, creyéndose mensajeros del dios, con la cruz y la espada, con perros y armaduras, destruyeron y bloquearon la vista entre los actuales habitantes y sus indígenas antepasados.

Sin embargo, no lo lograron totalmente. No consiguieron romper el tejido de la tradición. Aquel arte que enseñó Bochica y que se hace en el tiempo libre: las hábiles manos se mueven rápidas y precisas y surgen filas ordenadas de hilos que forman figuras, dibujos y diseños; mientras, con cariño y algo de melancolía, los rostros sonríen ante nuestra ceguera de saber que plasmados están en el telar, pero que a pesar de ello, cuesta mucho trabajo descifrarlos.

Y Bochica creó el Salto del Tequendama

Llueve... Sobre la gran sabana de Bacatá, llueve y llueve. Sobre los techos de paja de los bohíos chibchas, llueve y llueve. Sobre los tupidos árboles, llueve y llueve. Sobre las flores y los frutos de sus campos sembrados de maíz, papa, quinua, nabos y cubios, sobre todo aquello que es el alimento de la familia, llueve y llueve.

La niebla instalada en las montañas ataca, y el dios Sol, *Sué*, no puede abrirse camino. La lluvia salvaje brinca, pisotea y baila sobre el mundo queriendo destruir todo a su paso. Parece como si el cielo se hubiera roto y un canto triste brotara del ambiente. La angustia por el hambre, las enfermedades y dolores que tanta agua trae consigo invade el aire, con el bramido aterrador de rayos y truenos, propio de las tormentas. Agua y oscuridad se juntaron para arrebatar la vida y la alegría...

Pasan los días y las noches, las noches y los días, y el cielo no despinta su color gris, mientras que el abrigo del suelo, la tierra fértil, se va perdiendo entre ese diluvio incontenible. Cae el agua, a veces frágil como un murmullo y a veces fuerte, como una tormenta, y chapotea sobre el charco que crece, crece y crece, y que ya es un gran lago represado, que guarda en sus entrañas sus casas y sus siembras. La tierra se viste de agua y ya los hombres queman sus últimos leños para abrigarse y en medio del miedo que los cubre, no tienen otra opción que la de refugiarse en los peñascos y cerros que bordean la tierra plana, porque sobre la gran sabana, llueve y llueve.

Ahora, ya no solo es el agua que viene del cielo oscuro. Ahora, también es el agua de dos ríos que se formaron con tanta agua. Los llaman Sopó y Tibitó. Y como la lluvia no para, crecen y crecen hasta que se salen de sus bordes y la inundación es mayor.

Los habitantes son sobre todo labradores y agricultores, y ahora, con tanta agua ¿qué pueden hacer? ¿Por qué llovería tanto? Muchas veces aclamaron la lluvia, muchas veces adoraron al dios Chibchacum, el de las labranzas, el que ayudaba a la fertilidad de los suelos por las lluvias que regaban la tierra, dándole vida, acariciándola, rociándola, tornándola blanda y moldeándola; ni más ni menos, embelleciéndola. No podían creer que fuera el mismo dios Chibchacum quien enviaba tanta agua que amenazaba también con desaparecer cerros y montañas... ¡Pero era!... Era evidente la furia del dios que tronaba con voz de trueno.

Entretanto, Bochica, impotente observa a su pueblo sufrir en medio de tanta agua y se va llenando de ira, al ver y palpar tanto dolor y angustia. En un acto desesperado acude al gran creador, al dios Chiminiguagua, para solicitar su intervención y actuar contra el dios Chibchacum, pues siente que no puede permitir más sufrimiento de su pueblo.

Chiminiguagua autoriza a Bochica esa intervención y entonces convoca a Chibchacum a una entrevista en lo alto de los cerros cercanos al pueblo de Soacha.

El día cierto y en el lugar acordado se encuentran los dos dioses. Bochica, con sus largas barbas y cabellera, y su túnica blanca se ve majestuoso sobre el arco iris.

–Sí, Bochica. Tienes toda la razón. Estoy enfadado y quiero hacer desaparecer al pueblo chibcha –contestó Chibchacum a los reclamos que le hiciera Bochica.

–¿Y cuál es la causa de tu enfado, para actuar con tanto horror sobre estos hombres que trabajan la tierra y derivan de ella su sustento?

–¿La razón, me preguntas? Te la diré: se han vuelto perezosos. Olvidan sus mejores costumbres. Descuidan sus cultivos. No van a adorar los dioses a las lagunas. Y lo que es peor, se pelean constantemente entre ellos. ¡Obsérvalos!

Llevan una vida libertina, llena de vicios y de codicia. ¿Para qué quiero un pueblo así? ¡Quiero destruirlos! –replicó Chibchacum con el trueno en la voz.

Bochica lo observa mientras escucha sus razones. Y sí. Los chibchas habían olvidado sus buenas tradiciones. Sin embargo, considera el castigo demasiado severo y cree necesario recordarles sus tradiciones y deberes... pero no castigarlos con un diluvio de semejante magnitud.

–¿Y no crees que ya han recibido suficiente castigo? Llevan 60 noches y 60 días de oscuridad y agua, miseria y hambre, desolación y dolor. ¿No crees que ya es hora de parar?

–¡No! ¡No lo creo! ¡Quiero borrarlos de la faz de la tierra! ¡Que no quede ninguno! –replicó Chibchacum con soberbio mirar y casi convertido en un rayo furioso.

Bochica, tiene ante sí a un dios iracundo, sin ninguna posibilidad de cambio y de que reconsidere su actitud. Empieza entonces a contagiarse de la ira que brota de Chibchacum. Vuelve a mirar a su pueblo temblando de frío y de miedo, y esta visión lo enfurece aún más. Entonces, rápidamente llama al dios Sué y le dice:

–¡Seca las nubes! –le ordena con voz tronante. E inmediatamente llama a Fiba, el dios del viento.

–¡Controla las aguas! –Fiba obedece en el acto y empieza a soplar desaforado.

Y al ver que son infructuosos los esfuerzos de Sué por procurarles su mayor e intenso calor, y de Fiba de soplar con fuerza incontenible para dominar las aguas, decide actuar él mismo sin esperar un segundo más. Parado sobre Cuchavira, el arco iris, lanza con gran fuerza su vara de oro contra la gran pared de la montaña que contiene el agua represada que inunda la sabana. En ese momento los chibchas ven la represa estallar en mil pedazos. Las rocas atraviesan los aires y se forma un profundo abismo al que cae el agua en un chorro espumoso y abundante, una enorme cascada que llamó Tequendama. Ante sus ojos, y en menos de un segundo, el dios les había conducido las aguas que arrasaban sus siembras y sus viviendas, a una caída de agua fabulosa y hermosa, que cantaba con voz de cascada gigantesca, espumosa, torrencial, caudalosa. En una palabra, majestuosa.

Pero Bochica se da cuenta de que no es suficiente con encausar las aguas por el salto Tequendama, y continúa ayudando a su pueblo a contener y dirigir el agua, y con su vara rasga hondamente la tierra y le da cauce ordenado a los ríos Tibitóc y Sopó, llevándolos a desembocar a un río mayor, de nombre Funza. Y continúa rayando la tierra de aquí para allá creando arroyos y quebradas, pequeñas corrientes y riachuelos que luego irrigarían la sabana.

Y a cada paso que da para encauzar las aguas devastadoras, sus pies van formando profundos y anchos huecos.

Así fue creando lagos y lagunas que antes no existían como Guatavita y Fúquene.

Y luego retorna al lugar donde había dejado al dios Chibchacum.

–Los castigos son necesarios y sabios, Chibchacum –le dijo Bochica al dios de las labranzas, –pero deben tener la justa medida y prudencia. ¿Qué castigo debo imponerte por tu exceso?, le preguntó.

Chibchacum enmudece y mira con soberbia a su contendor. Prefiere no emitir palabra. Y Bochica entiende que por más que insistiera, Chibchacum no lo va a hacer. Y decide dictar de una vez por todas su sentencia:

–Chibchacum, dios de la tierra y patrono de los agricultores, a partir de este momento le quitarás a los maderos del árbol de guayacán la responsabilidad de cargar el mundo y serás tú, quien en sus hombros lo llevará –dijo con voz pausada y calmada, y se marchó caminado sobre Cuchavira, el arco iris, hasta desaparecer detrás de él.

Chibchacum no tuvo otra opción. Y sobre sus hombros descansa el mundo... Muy de cuando en vez, por ahí cada cien años, el dios Chibchacum se cansa de llevar semejante peso y decide reacomodarse y cambiar de hombro. En ese instante, la tierra tiembla, la tierra brama, los ríos se salen de sus bordes y se inundan los suelos, recordando este diluvio inmenso que su ira provocó.

GUATAVITA,
EL CACIQUE DORADO

Esta historia se escucha en toda América, y ocurrió en lo que los nuevos habitantes llamaron la provincia de El dorado, que fue como decir: cacique con el cuerpo dorado, resplandeciente como una estatua viva, como Sué, el dios Sol hecho hombre.

Se trata del ceremonial que el Cacique de Guatavita hacía para agraciar a su esposa preferida, la Cacica de Guatavita, quien vivía, junto a su pequeña hija y a un dragoncillo adorado, en las profundidades de la laguna.

Ya el Cacique está listo para el ceremonial. Su cuerpo desnudo y dorado, como Sué, resplandece con su luz matutina para alabar aún más a la amada de las profundidades y se asoma erguido sobre una balsa finamente construida para el festín.

Antes de llegar, y aprovechando las primeras luces de la aurora, todo su cuerpo, de la cabeza a los pies, ha sido cubierto de un barniz pegajoso y a él han adherido el fino polvo de oro, acariciándolo, abrigándolo, como si tuviera una segunda piel. Igual al polen que cubre las alas de las mariposas. Ese polvo brillante recoge el amor, el dolor, el recuerdo y la congoja del hombre poderoso y fuerte, pero triste y solo.

En una balsa de juncos y acompañado de sus más fieles servidores, el Cacique llega al centro de la ovalada laguna, levanta los brazos y mientras pronuncia unas palabras mágicas arroja piezas de oro y esmeraldas al fondo del agua. De la balsa brotan olores perfumados y una espesa y aromatizada humareda empieza a cubrir el ambiente. Anhela que la ofrenda cumpla su misión: alabar a la amada que voluntariamente se sumergió en las profundidades para vivir silenciosa en el fondo del agua helada. Pero a pesar de su ausencia, sigue siendo su esposa preferida; la mujer irremplazable; la causa de la añoranza y la melancolía; y que sigue siendo buena con su pueblo y lo ayuda, cada vez que brota del fondo del agua con presagios que los alegran o dolores que pueden evitarse.

Luego, los hombres y mujeres que acompañan al Cacique en la balsa, lo lavan con yerbas jabonosas con lo que toda esa segunda piel de oro cae al agua como si fuese dorado rocío que resbala de una hoja. Esa es la entrega de su cuerpo... Pareciera como si se quitara la piel para que en el agua sagrada se uniera a la de ella. Es todo un ceremonial de entrega, de desprendimiento, de amor...

En su mente se dibuja el día de la pelea, el día de la ofensa... En realidad, fueron muchos los días en que la ofendió. Fueron repetidas las veces que hizo público su desprecio por aquella mujer que lo engañó con uno de sus soldados. Por eso aprovechó toda oportunidad para hacer público su agravio y gritar a los cuatro vientos su adulterio, por medio de los cantos de las fiestas, de los rituales y de toda reunión social, y así recordarle que era traicionera, indigna, infame y despreciable.

Pero se equivocó. Tanto resentimiento hizo que la Cacica prefiriera el silencio, el silencio de la Luna, Chía, el silencio del agua y entonces la condena del hombre fue vana.

El Cacique sigue en su ritual. Ya todo el polvo de oro ha escurrido de su cuerpo. Su segunda piel ha ido a parar al fondo del agua y entonces se viste con sus finas mantas, dejando en la laguna su amor. La balsa retorna a la orilla de aquella laguna encerrada en la cumbre de los más altos cerros de la región y alimentada por fuentes que brotan de lo alto del cerro y por manantiales subterráneos emanados de sus profundidades... por ello los diversos colores que refleja, pues aún hoy no se ha podido saber de dónde propiamente se nutre, porque, como dicen los que allí viven, *es una laguna sin fondo*.

De esas mismas aguas y desde mucho antes del ceremonial del Cacique dorado, surgía del fondo de la laguna un dragoncillo o culebra grande... los indígenas aguardaban esta aparición en celosa vigilancia en chozas a la orilla de la laguna y, cuando surgía, todos le ofrendaban oro y piedras preciosas... Luego, cuando la Cacica Guatavita llegó a su morada, abrigó al dragoncillo en sus faldas mientras él la consolaba... Por eso, desde que ella llegó, las ofrendas aumentaron.

Era ella una mujer de reconocida belleza en la región. Era el Cacique un hombre respetado y admirado por todos, por ser el mejor señor, justo, trabajador y honesto. Sin embargo, y sin saber por qué, ella, y no precisamente con el secreto exigido para que el Cacique no se enterara, lo traicionó con un caballero del cercado. El marido puso toda su diligencia y cuidado en atraparlo sin que su esposa lo supiera. Antes de matarlo, como lo ordenaba la ley de la comunidad, mandó cortar sus partes nobles, para utilizarlas posteriormente y castigar a su esposa adúltera.

Así lo hizo. Con el único propósito de hacer público el agravio y deshonrar a la esposa infiel, organizó una fiesta, una comida ceremonial en honor de la Cacica. En medio de la música de fotutos, sonajas, maracas, cascabeles y ocarinas, de los cantos de hombres y mujeres que relataban el adulterio y de la risa de todos los presentes, el Cacique ofreció a su esposa el plato principal de la noche: había ordenado cocinar y preparar con el mejor sazón la única parte que quedaba de su amante ... para que ella lo comiera ... y la Cacica la comió ... Y mientras lo hacía, los cantantes contaban lo sucedido relatando que ella se comía la última parte que quedaba del soldado con quien había traicionado a su esposo.

Pero eso no fue suficiente. El Cacique ordenó que tales cantos se repitieran en todas las fiestas no sólo de su cercado y a oídos de su mujer, sino a la vista de todos los vasallos de la región, para que fuese escarmiento de las mujeres y castigo de la adúltera.

Fueron tan grandes los sentimientos de intranquilidad, deshonra, ofensa y dolor que la Cacica se sumió en el silencio y en la amargura. Cada fiesta era un tormento en el que ansiaba escapar de cualquier manera del suplicio.

Una madrugada, muy de madrugada, casi de noche pues la diosa Chía brillaba en todo su esplendor, y aprovechando que acababa de terminar un festejo con mucha chicha, y que por ello los vigilantes de la laguna estaban trasnochados y soñolientos, cogió a la pequeña hija que tenía con el Cacique y salió del cercado con el mayor secreto que pudo. Caminó directo hacia la laguna, en donde, sin pensarlo dos veces, se arrojó con su bebé.

Ninguno de los sacerdotes guardianes, los jeques, que cuidaban la laguna aguardando la salida del dragoncillo, la sintió. Sólo escucharon el golpe en la laguna, con lo que salieron de sus cabañas sin explicarse lo ocurrido. Sólo después, cuando aclaró el día, entendieron y, al ver que no había remedio, corrieron a donde el Cacique a dar aviso de lo ocurrido.

En ese momento empezó el verdadero sufrimiento del hombre, quien de inmediato partió a la laguna enloquecido por no haberse persuadido de los sentimientos que había causado en su esposa y de la desgracia de su hija.

De inmediato ordenó al mayor hechicero de los jeques que hiciera todo lo posible para sacar a su mujer y a su hija de aquella helada laguna. El jeque, con sus ceremonias y supersticiones, trató de cumplir con lo ordenado: encendió lumbre a una corta distancia del agua y puso en las brazas unos guijarros pelados para que alumbraran; se desnudó y se lanzó al agua con los guijarros hechos ascuas para que le dieran luz. Zambulléndose por un buen espacio, como buen buzo que era, salió diciendo que había hallado en el fondo del centro de la laguna a la Cacica viva.

Contó que ella estaba muy a gusto en una casa y en un cercado mayor que el que hubiera deseado en la tierra, que tenía al dragoncillo adorado en las faldas y aunque le había dicho de parte de su marido que saliera y que ya no tratarían más del caso pasado, ella no lo deseaba, pues allí había ha-llado el anhelado descanso y no quería volver a sentir jamás todo el daño que él le había ocasionado. Que lo único que

añoraba era que la dejaran a ella y a su hija donde estaban, que allí la criaría y se harían mutua compañía.

No se calmó el Cacique con el mensaje del jeque. Le ordenó entonces que para su consuelo por lo menos sacara a su hija. Entonces hizo que el jeque la buscara otra vez con los mismos guijarros hechos ascuas. Cuando volvió a salir, traía consigo el cuerpo muerto de la niña y además sin ojos, explicando que el dragoncillo, estando todavía en las faldas de la madre, se los había sacado porque así, sin ojos y sin alma, no sacarían ningún provecho de ella los hombres de esta vida y entonces la volverían a enviar a la otra, para que acompañara a su madre que la aguardaba.

El Cacique entendió la orden del dragoncillo, a quien él reverenciaba tanto, y así volvió a mandar echar el cuerpo de su pequeña a la laguna. Quedó el Guatavita solo y desconsolado.

Al igual que el adulterio se había afamado en toda la región, la presencia viva de la Cacica en el fondo de la laguna se divulgó por toda la tierra y las celebraciones en su honor comenzaron a tener fuerza.

La presencia viva de la Cacica, junto al dragoncillo venerado, remediaría todos los males ya que ella intervendría para solucionar sus necesidades. Esa fama se extendió por largas tierras. Para adorarla, elevarle plegarias y oraciones, y ofrendarle oro y esmeraldas acudía gente de todos los confines del mundo chibcha que arrojaba a la laguna idolitos: tunjos que representaban animales anfibios. Así se honraba su presencia, con ranas, culebras, lagartijas mágicamente elaboradas en oro que llegaban a las profundidades donde ella se refugiaba. En respuesta a la alabanza, el dragoncillo, de cuando en cuando, se aparecía sobre las aguas de la laguna en figura, gesto y talle de la hermosa Cacica: desnuda de medio para arriba y de allí para abajo ceñida de una manta de algodón colorada. Anunciaba algunos sucesos que acontecerían: sequías, hambrunas, enfermedades y hasta la muerte de algún cacique que estaba enfermo, como si fuesen presagios para que se alentaran, tomaran las medidas necesarias y, de ser posible, se evitaran.

Por eso hoy, en el ceremonial del Cacique dorado, todos se reúnen alrededor de la laguna. Todos festejan a la Cacica y al dragoncillo, y siguen al hombre dorado en su ceremonial. Allí, con mágicas palabras y atractivos cortejos lanzan a las aguas todas las ofrendas que le han preparado.

Desde la orilla, toda la muchedumbre lo acompaña y observa esa entrega de amor por la esposa ausente y, a la vez, ofrendan a la Cacica Guatavita con cantos y danzas de ritmos tradicionales. La plenitud se logra en el momento en que el Cacique se enjuaga el oro en las gélidas aguas, para brindar su piel dorada a la mujer amada, para que siendo Sué, sol iluminado, se encuentre con la fría Chía, la luna; y en ese instante de éxtasis se intensifican oraciones y cantos, y lanzan todos sus tunjos al agua. El entorno se cubre de espesas columnas de humo provenientes de las hogueras perfumadas de moque que en su honor se han encendido, a tal punto que la luz del día se pierde... sólo los perfumes y la humareda cubren el firmamento.

Ni el aroma de perfumes, ni las espesas humaredas alcanzaron a sentir los españoles a su llegada. La historia del Cacique dorado se esparció como el humo y llegó a oídos de los hombres blancos que arribaban al continente. La Laguna del Cacique y la Cacica Guatavita, y "Eldorado" se hicieron famosas por el ansia loca de encontrar el oro y las esmeraldas que las profundidades albergaban.

Mayavita o la creación de las guacamayas

I

Mayavita creció escuchando de voz de su madre historias y leyendas que la encantaban y la hacían volar en sueños fantásticos. Conocía todas las leyendas de los chibchas en la voz de ella. Las escuchaba una y otra vez. Hacía que su madre se las repitiese a cada instante. Eso ayudaba a aliviar su soledad... sus ganas de salir huyendo.

Conocía todos, todos los relatos, las leyendas y los cuentos de los chibchas. Los conocía al derecho y al revés. Conocía todos, menos aquel que le hablaba de ella misma, de su origen, de su aislamiento y por qué nunca asistían las dos a las fiestas de la comunidad que la madre le contaba y que Mayavita sólo conocía de su voz. Desconocía por qué no se trataba con nadie. Desconocía por qué ningún viajero pasaba por su morada. Desconocía por qué no iban a otro lado nunca, ni por qué a sus alrededores no se veía un sólo bohío como el que ellas habitaban. Por qué su madre no la llevaba a conocer algún poblado o aldea o a alguna peregrinación al Templo del Sol. Ignoraba por qué había límites para su andar...

Mayavita no volvería a preguntar. Cada vez que lo hacía, su madre enmudecía y una luz de tristeza se asomaba por sus ojos rasgados y se limitaba a decir que se bastaban la una con la otra y nada más, que no necesitaban de nadie, ni nadie las necesitaba. Ambas tenían unos dulces ojos oblicuos de triste mirar; ambas, un carácter suave y melancólico, causado de pronto por el silencio de la madre respecto a su vida, y la ausencia de otros seres y de otros parajes, en la niña.

Cuando Mayavita preguntaba, la madre la miraba con nostalgia. Y recordaba cuando su padre las había despachado de la casa pensando que ella jamás podía darle la alegría de ser padre. La cultura chibcha rechazaba a las mujeres que no podían tener hijos, porque las asimilaban a la tierra: una tierra que no es capaz de producir debía abandonarse... igual ocurría con la mujer...

Ella no supo de su embarazo hasta el final. Así que cuando el padre pronunció las terribles palabras que ordenaban su partida, nadie sabía, ni siquiera ella misma supo ni sintió que un corazón le palpitaba en las entrañas... Cuando fue a la quebrada y agachada dio a luz a su pequeña hija, lo juró:

"Nadie sabría que ella sí había sido capaz de ser madre... Nadie lo sabría..." Por eso el aislamiento, la lejanía, la ausencia de seres en sus vidas.

Así, Mayavita conoció cada recodo de las montañas, cada árbol, cada ramaje, cada flor, cada animal de la tierra, cada forma del inmenso y luminoso lago que contemplaba desde la montaña donde se ubicaba su vivienda, cada isla. Y pasaba del amanecer al atardecer sentada en el prado recostando su espalda sobre el grao, ese árbol andino que confunde en su follaje el verde y el naranja, mientras esparcía pequeños granos de maíz para que acudieran allí las tominejas, aquellos pájaros que la alegraban con sus gorjeos y sus movimientos. Debía ser porque aquellos animalitos tenían las alas de libertad que ella tanto ansiaba. Así conoció Mayavita ese mundo que la rodeaba cada día y lo memorizó; se lo aprendió y nada variaba en aquello que sólo sus ojos alcanzaban perfectamente a divisar. Lo conocía tan bien, que así también conoció lo que era el tedio, el aburrimiento, la monotonía.

Las pequeñas tominejas, veloces y ágiles, eran el mayor consuelo al aburrimiento que día a día labraba camino en su corazón. Apenas llegaban las aves al cercado, la indiecita se quedaba quieta, inmóvil, observando su raudo vuelo, contemplando y añorando su movimiento ligero y cadencioso con que podían alcanzar grandes distancias, atravesar las montañas y casi acercarse al dios Sol, Sué, para luego perderse.

Y ella guardaba para sí la fantasía, similar a la de los relatos, y tan pronto los diminutos puntos se perdían en lontananza ella comenzaba a mover sus brazos y corría por el campo a la velocidad que le permitía su cuerpo pequeño, y en ensueños vivía mil aventuras fantasiosas imaginando cómo serían esas tierras cálidas de más allá de las montañas, los árboles tupidos, los animales y las flores fantásticas, las corrientes de agua tan distintas al agua del lago, pues como su madre le decía se movían como serpientes... Y sentía en su corazón, junto a los surcos del aburrimiento, los surcos del embrujo que le inspiraban esas tierras ocultas tras las montañas.

Así, con la fantasía calmaba su sed de lejanía y no alarmaba a su madre con sus preguntas y sueños de volar. Por eso se recostaba contra el árbol, el viejo grao; el que la protegía del sol intenso y de la lluvia a veces torrencial, y se deleitaba con los tornasolados colores de sus hojas verdes y anaranjadas y regaba los granos de maíz para esperar la llegada de las tominejas.

De pronto, una tarde, recostada en el grao, resonó una borrasca en todo el cercado, y su sonido ronco y estremecedor se apoderó del ambiente. Mayavita volvió a mirar al lago que se estremecía como si el monstruo que albergaba el fondo quisiera salir y sintió temor. Su madre estaba lejos recorriendo la siembra. El viento fue tan fuerte que los arbustos y el viejo grao quedaron semidesnudos y desfilaron las hojas de frente a la indiecita formando un remolino. Era lo único que sus ojos alcanzaban a percibir: un remolino de hojas de variados colores ante ella rugía y a la vez cascabeleaba. De repente, de un momento a otro, igual a como surgió, la borrasca pasó, el lago se calmó y el pez negro de sus profundidades que anunciaba desgracias y malos augurios no apareció. Sólo un mundo de hojas amarillas y verdes y anaranjadas y carmelitas y verdes oscuras desfilaban ante los ojos de la niña, que contemplaba con deleite toda aquella magia que se presentaba ante sus ojos. Y Mayavita empezó a recoger las hojas que se movían en el suelo y comenzó a cubrir con todas las hojas que halló, las ramas del árbol frondoso, del viejo grao que tantas veces le había servido de refugio y que era cómplice de sus sueños. Con cuidado y con minucioso y detallado trabajo fue vistiendo de hojas a su árbol amigo. Se alejaba unos pasos y sonreía al mirarlo, pues aunque no se parecía al original, la forma que ella, con sus manos redondas y pequeñas, le daba, excitaban su ser. Seguía embelesada con su obra de arte. Lo miraba de cerca y luego de lejos. Le ponía una hoja naranja allí, otra amarilla acá, una carmelita en la rama del otro lado, una verde clara más allá, una oscura más acá.

De un momento a otro sintió que había terminado. Se retiró y con los ojos iluminados cayó en la cuenta de lo que sus manos habían hecho: ¡De las ramas del viejo árbol de grao había hecho dos cuerpos de dos tominejas gigantes y sus ramajes eran sus alas multicolores! ¡Frente a ella había una réplica gigante de aquellas avecillas que alimentaban y saciaban su sed de lejanías! ¡Parecía que las aves la invitaban a trepar en su lomo y volar!

Mayavita agradeció la invitación y una de ellas la agarró por el pico y la encaramó en la otra. Ella se sintió muy cómoda. Las hojas secas dejaron su aspereza y sentía como si estuviese sentada en una mullida estera de plumas. Las aves multicolores emprendieron vuelo, como producto de un conjuro hecho por la niña y escuchado por su cómplice silencioso. Ambas cuidaban la seguridad de la pequeña para que no fuera a caer. Mayavita se sujetó fuerte, y aves y niña planearon por el espacio, atravesaron campos y sembrados, el inmenso lago y la cordillera, los poblados no conocidos por ella, y así empezó a descorrer todos los misterios que por años se habían tejido ante sus ojos.

En su viaje, las últimas montañas quedaron atrás y sólo para ella se abría la selva exuberante de bosques infinitos. Los ríos caudalosos con forma de serpiente culebrearon y se retorcieron en sus pupilas; los otros pájaros, los animales enormes y fantásticos se tornaron seres vivientes y no seres de su imaginación. Los relatos, las palabras dichas y escuchadas se hicieron realidad y la indiecita contemplaba la majestuosa selva extasiada.

Las aves empezaron a perder altura y como si tuvieran la experiencia milenaria de aterrizajes en la espesura, pisaron blanda y suavemente la tierra invadida de un calor sofocante y abrasador.

–Uf. Qué calor hace aquí –le dijo Mayavita a su cómplice animal. –Qué distinto es todo por estos lados –continuó diciendo, mirando todo a su alrededor.

Los animales no contestaron nada. Y ella tampoco esperó que le contestaran. El voraz mundo vegetal y animal de la selva se develaba ante los ojos de la india que sin comprender todavía la gravedad en la realización de su sueño, miraba extasiada todo cuanto se presentaba ante su ser. Se embelesó con un árbol inmenso en cuyo tronco escalaba una hilera de hormigas rojas y llegaban hasta donde sus ojos alcanzaban a ver, para luego perderse en una copa tupida que dejaba ver una que otra chispa de luz del gigantesco Sué. Se deleitó con todo lo que veía a su alrededor. Conoció entonces otras serpientes inmóviles que se adherían a los troncos gruesos y allí se apegaban y se quedaban dormidas. Conoció chamizos que colgaban de las grandes ramas en los que ella podía agarrarse y quedar suspendida, lo que le parecía una maravilla que la hacía reír a carcajadas, mientras un mundo de aves exóticas y micos mirones y chismosos, acomodados en los árboles, la observaban, chillaban y festejaban su presencia como si fuera otro ser igual a ellos.

De pronto, sintió que no había halagado a las aves amigas por proporcionarle el viaje anhelado, que habían deshecho los surcos del aburrimiento que durante largos días habían hecho nido en su corazón. Y se volvió a todos los lados y no las vio. Movió su cabeza en varias direcciones y tampoco las vio. No sabía cómo llamarlas. ¿La habían llevado allí y habían desaparecido? Pero si ella no conocía nada, ¿qué podría hacer? Sentía que Sué pronto se marcharía y ella quedaría sola y empezó a temer. Tuvo miedo de todo, de las leyendas, de las historias. ¿Había desobedecido a los dioses por querer volar? ¿Sería castigada por haber dejado a su madre? ¿En qué quedaría ella convertida? De repente, sus aves amigas aparecieron en la espesura y traían en sus picos frutos para ella. Mayavita sonrió y corrió a su lado.

–Gracias –les dijo. Y sintió como si le agradeciera al viento pues las aves se quedaron mirándola sin responder nada.

Y se quedó pensando en algo que le parecía extraño. Miró detalladamente las otras aves de los árboles y supo cómo unas chillaban y otras silbaban, incluso otras cantaban. Pero sus aves no emitían ningún sonido. Entonces se quedó mirándolas y muy cerca de sus caras, casi sus ojos clavados en los de las aves, les dijo:

–Guacamaya –dijo. –Gua. Ca. Ma. Ya. Guaca. Maya –repitió. –Algo de mí deben llevar: Gua. Ca. Maya –insistió.

Las aves la miraban.

–Cada una de ustedes se llamará Guacamaya. Maya, como yo. Repitan conmigo: Gua. Ca. Ma. Ya –les pidió.

Tanto insistió Mayavita en su intento, que las aves terminaron diciendo con voz chillona:

–Guaca. Maya.

II

Desde entonces Mayavita tuvo a quien conversarle, pues ellas repetían cuanto ella decía. Las aves tuvieron hijos multicolores y ellos también repetían y jugaban a las palabras con Mayavita.

Pasaron los días y las noches, las noches y los días y la madre perdió definitivamente la esperanza de hallar a su hija. Creyó que había caído al fondo del lago y allí acompañaba al dragón negro de las profundidades. Y la niña entretanto, disfrutaba los nuevos amaneceres, descifraba uno a uno los chillidos de la selva: aprendía a distinguirlos y a vivir en medio de ellos, sin sentir temor alguno. Conoció al gran jaguar, a las tortugas enormes, al armadillo, al cocodrilo, a la serpiente.

Vivía embelesada de todo cuanto veía, encantada de haber podido liberarse del aislamiento y del aburrimiento.

Pero el embeleso no le iba a durar toda la eternidad. Y Mayavita empezó a encontrar que a diferencia del Valle de Iraka de donde venía, en la selva no había algo que la identificara, que la llevara a permanecer en un solo lugar, un monte de referencia, un lago con su dragón misterioso, una imponente cordillera que se alzara sobre la tierra, una madre cariñosa que le contara historias, así fueran repetidas. Por más que buscó y buscó, encontró que no tenía un punto de apoyo y empezó a sentir inseguridad y deseos de retornar.

Las aves se dieron cuenta de que algo no andaba bien en Mayavita. Ya no había nada misterioso para ella; ya las voces las conocía, los enormes árboles los distinguía y entonces decidieron ayudar a la niña que ya se había convertido en mujer. Se le acercaron y entendieron sus deseos de regresar. Al igual que en el pasado cuando ella las creó, una la agarró con el pico y la puso en el lomo de la otra. Ambas cuidarían que la joven india no cayera. ¡Pero qué pesada estaba! Ya no era ni la sombra de la chiquilla que ellas habían llevado. Sin embargo, se arriesgaron y emprendieron vuelo para retornarla a su lugar de origen, cuidando siempre que la india no fuera a caer.

Fueron vanos los esfuerzos por llevarla tierra adentro. Las aves se sintieron fatigadas y no soportaron el peso de la joven, y aunque cuando una se cansaba la otra la agarraba, y entre juntas la transportaban, fue imposible impedir que la doncella cayera. Se estrelló contra las rocas y las aves intentaron salvarla: sus plumas se tiñeron de rojo sangre (un color que antes no tenían) y los diversos tonos tornasolados se pegaron a su plumaje. Ellas le regalaron su libertad y tornaron realidad sus deseos de volar y Mayavita les regaló la luz de sus entrañas.

Las dos aves acordaron lo que harían. Levantaron sus alas y emprendieron vuelo: se dirigirían a la tierra de Mayavita a contar sus hazañas. Así, un día de fiesta en que los indios se dedicaban a adorar al dios Sué, y en el preciso momento en que se levantaban para hacer su alabanza, el dios se sintió mucho más fulgurante y unos rayos rojizos salieron de su interior y se extendieron por todo el valle, llegando hasta las montañas. Parecía una antorcha que lo cubría todo. Ante el asombro de todos, dos de sus rayos salieron disparados como si fuesen veloces flechas. ¡Eran las dos imponentes aves! ¡Eran las guacamayas! En su cuerpo se plasmaba toda la magia de la vida: el verde del maizal, el amarillo brillante del oro sagrado, el azul de los cielos y un rojo sangre de las víctimas de los sacrificios.

–¡Son las mensajeras de los dioses! –dijeron todos. Brillantes y multicolores vuelan hacia ellos y cuando aterrizan les hablan en su misma lengua, contando la historia de la indiecita que con sus manos y las hojas del árbol de grao las creó y luego, con su sangre, les dio el brillo de su alma. Una vez contaron todo, retornaron a la selva cálida. Se sentían más a gusto allí, pues allá fue donde convivieron con Mayavita, la niña deseosa de volar en libertad.

Son confusos los misterios que los sueños encierran. Y al príncipe Toquechá se le convirtió en tormento un sueño repetido.

Antes de que el sueño empezara a martirizar sus pensamientos, Toquechá, el sobrino heredero del Cacique de Iraka, se distinguió por su imponente estampa de valiente guerrero, hábil trepador y atleta ganador de las competencias de correr la tierra. Después de que los sueños le hacían despertar y permanecer insomne hasta que la luz mañanera asomaba por las montañas del oriente, se volvió huraño y retraído, y no ansiaba practicar ninguna de esas destrezas.

Antes del sueño repetido en el que no podía alcanzar a los veloces animalillos que se le presentaban, porque rápidamente se desvanecían en la neblina, se divertía en los estanques y se distinguía como ágil pescador entre sus amigos. Después del sueño repetido de los animalillos, pescar le parecía monótono y aburrido.

Antes de que aquella chiquilla traviesa de profundos y acuosos ojos negros se le apareciera en sueños, era corredor dinámico y veloz. Era el joven que siempre ganaba la representativa manta de la victoria. Después del sueño repetido de los animalillos con la chiquilla, correr la tierra se le tornaba difícil pues las piernas no le respondían; el cansancio y el agotamiento por no dormir bien le hicieron perder la fuerza y el dinamismo.

Su tío, el importante Cacique de Iraka, no sabía lo que le ocurría a ese sobrino suyo tan valiente y activo, que heredaría su cargo a su muerte, y que ahora se veía retraído, distante y sin el menor ánimo para hacer algo. Quiso ayudarlo a disipar su tristeza y como era época de grandes fiestas decidió aprovecharlas para hacer de ellas la ocasión para que retornara la alegría y el ánimo perdido en el alma de Toquechá.

Fueron muchos los arreglos, los cambios de esteras, mantas y pieles de la casa del Cacique para que todo reluciera, muchos los preparativos de deliciosas comidas, muchos los ensayos de los mejores bailarines, diestros acróbatas, coros acompañados de flautas y ocarinas para organizar las fiestas. Pero Toquechá no se reanimaba con nada. Una nube oscura se apretaba en su alma. Ni la llegada de princesas venidas de lejanas tierras, ni la música, ni los bailes, ni las comidas y bebidas lograron alegrar su corazón... las tinieblas permanecían en su alma joven y guerrera.

Durante los festejos buscó entre todas las doncellas alguna que se pareciera a la chica de los negros ojos brillantes y acuosos que se le aparecía en sueños, pero ninguna era ni remotamente parecida. Así que nada llamó su atención...

Más preocupado aún, el Cacique de Iraka decidió llamar a su sobrino para que le explicara la razón de tan extraño y desacomedido comportamiento.

–Reconozco todo el esfuerzo hecho por ti y todos los del poblado para que estas fiestas fueran las mejores de todo el lugar en todos los tiempos. Creo que sí lo fueron. Reconozco también tu entusiasmo por intentar brindarle alegría a mi afligido corazón. Pero la razón de mis sufrimientos no la puedo controlar, y pido tu perdón. –A medida que hablaba, su voz temblaba y los ojos empezaban a aguarse. –Son esas figuras de animalillos veloces y hermosos que aparecen en mis sueños junto a la chiquilla de los brillantes ojos negros, a quienes no puedo alcanzar... cuando ya voy a atraparlos y develar el misterio que las envuelve, las figuras se desvanecen en una tupida neblina –añadió.

–Estimado tío, la razón de mi desconsuelo está en el país de mis sueños, y no sé cómo llegar allí –a lo que rompió en llanto.

Preocupado el Cacique puso una mano en el hombro del joven y con voz tranquilizadora le dijo:

–Mañana mismo iremos a Suamox, y visitaremos al Gran Sacerdote. ¡Mañana muy temprano nos iremos donde el Gran Sacerdote, en el Templo del Sol!

Así lo hicieron. Con calma y sosiego contaron al Gran Sacerdote lo que le ocurría al príncipe heredero, para saber qué debían hacer.

–¿Y qué ves en ese sueño que noche a noche se te presenta? –preguntó el anciano sacerdote.

–Veo unos animalillos de finos lomos, de color amarillo rojizo, como la greda, con largas y veloces piernas, que me miran y me llaman con sus ojos negros y acuosos y me invitan a perseguirlos, como si quisieran dejarse atrapar... cuando ya estoy a punto de llegar a ellos se desvanecen en la neblina. Igual sucede con la niña que los acompaña... Quiero verla y verlos, tocarla y tocarlos. Saber si son reales o no –respondió el joven príncipe.

Callado quedó el anciano. Y al momento les dijo:

–Los dos deben ayunar y regresar en tres días.

Y mientras el Cacique y el heredero ayunaban, el Gran Sacerdote se dedicó a preparar brebajes y a comunicarse con los seres que pueblan los días y las noches, y a recurrir a toda su sabiduría para dar algún remedio a Toquechá.

Al cumplirse el plazo, se volvieron a encontrar en el

templo del Sol. El Gran Sacerdote se dirigió al joven Toquechá y le dijo:

–Debes ir a quedarte unos días en las cercanías del Lago Sagrado de Tota, a la casa de descanso del Cacique, y allí llenarte de vacío, como si fueras una jarra desocupada... Espera en paz y tranquilidad el llamado de los dioses.

Toquechá marchó de inmediato al bohío que tenía el Cacique cerca al gran Lago Sagrado. Allí pasó varias noches en que contempló a la diosa Chía y otros tantos días en que lo hizo con el dios Sué, hasta que no sintió ni frío ni calor; ni oscuridad ni claridad; ni felicidad, ni ansiedad, ni miedo... Estaba vacío... Sentado y con los ojos entrecerrados se encontraba, cuando una voz detrás de él le dijo:

–Toquechá. Levántate, recoge agua del Lago Sagrado y sube al cerro que ves frente a tí. Una vez allí, riega aquella tierra con el agua que llevas y con tus manos y la tierra que has humedecido, haz dos figuras idénticas a las que verás estampadas en el peñasco.

Así lo hizo. En una vasija de barro echó agua y subió al cerro. Al llegar al lugar, y verter el agua en el suelo, sus sueños empezaron a descifrarse. Al primer momento el agua permaneció estancada y el color de la tierra donde la había regado empezó a tornarse rojizo, como escarlata tal vez, y a medida que se iba filtrando, el terreno hacía movimientos inquietantes como si fuesen movidos por una fuerza que provenía del fondo del mundo.

De repente se acordó de la voz que momentos antes le había hablado... "dos figuras idénticas a las que verás estampadas en el peñasco" y fue levantando la cabeza lentamente y se detuvo a mirar las siluetas que aparecían en las rocas que tenía frente a sus ojos. ¡Allí estaban! ¡Eran dos siluetas de los animales que veía en sueños! Exactas a como él las veía. Allí estaban lo que podría ser un macho y una hembra. Los agraciados lomos, las delgadas piernas que terminaban en finas pezuñas, los largos y estilizados cuellos que sostenían una delicada cabeza de apacibles ojos negros, orejas pequeñas y frente ancha. El que consideraba que era el macho ostentaba sobre su frente una cornamenta entrelazada parecida a las ramas de un árbol; la hembra, en cambio, tenía su frente lisa y un profundo mirar.

En el acto empezó a ejecutar su obra, tal como se lo había ordenado la voz. Agarró gran cantidad de la tierra arcillosa del suelo que había regado; la amasó lentamente y con alguna fuerza para tornarla manejable y poder moldear las figuras que veía: con la manos fue haciéndolas, formándolas, diseñándolas y detallándolas hasta que tenía frente a sí la réplica de aquellas que estaban plasmadas en el peñasco y en sus sueños. Sin embargo, estaban duras y había mucho peligro de que se resquebrajaran. Corrió entonces de nuevo a la laguna y volvió a llenar el cántaro de agua y retornó para humedecer su creación.

Tan pronto remojó las figurillas de barro, éstas comenzaron a moverse con vida propia, como si hubiesen estado entumidas, congeladas por mucho tiempo. Al principio sus movimientos fueron lentos y pesados; movían las extremidades con dificultad, como desemperezándose del largo sueño que habían dormido y luego, con ligereza salieron a toda carrera para perderse entre los matorrales de la montaña.

Toquechá quedó maravillado al contemplar aquella veloz carrera. ¡No lo podía creer! ¡De sus manos y del Lago Sagrado había visto brotar la vida!

Ahora, sólo le quedaba descifrar el misterio de la niña de los ojos negros. Además, si los animalillos se habían tornado realidad ¿Por qué no lo iba a hacer la chiquilla de los brillantes ojos negros?

Cuando retornó al poblado contó a todos lo ocurrido y entusiastas los vecinos se fueron a observar los esbeltos animales pintados en la peña. A medida que pasaban los días y los días, no sólo le inquietaba la posibilidad de existencia que tuviera la muchacha, sino que los veloces animalitos se habían perdido y precisamente los sueños se tornaban tormentosos en el momento en que intentaba atraparlos, pues se desvanecían en la espesa neblina... Debía, entonces, atrapar por lo menos a uno de ellos...

Resolvió, así, reunirse con sus antiguos amigos de pesca, los atletas y los mejores guerreros de cuando estuvo en la guerra, para atrapar a alguno de los animalitos.

Se habló de trampas, de redes, de lanzas, de hondas, de macanas, pero nada de eso satisfacía la necesidad, pues los animalitos eran demasiado veloces. Hasta que uno de los jóvenes guerreros llegó con un arma hasta ahora desconocida. La llamó *quesque*: un tubo del cual se podían expulsar unos dardos puntiagudos. Este nuevo instrumento de caza llamó poderosamente la atención de Toquechá y empezó a ensayarlo hasta que llegó a manejarlo a la perfección. Donde ponía el ojo, ponía el dardo.

Pero la chiquilla de los brillantes y enormes ojos negros que seguía poblando noche a noche los sueños de Toquechá estaba más cerca de lo que él imaginaba. Muy lejos estaba él de presentir que ella habitaba una de las chozas lejanas del poblado, pero muy cercana al Sagrado Lago de Tota, donde él había descubierto y creado a los animalillos. Ella, la muchacha, se llamaba Toquilla y sentía una pasión fascinante por todos los animales, auxiliando a cuanta criatura desvalida encontraba en el bosque.

Un día llegó Toquilla a su casa con un animalillo que nunca antes había visto. ¡Oh sí! De unos días para acá se veían sus siluetas en la lejanía y corrían raudos y veloces como si fueran figuras fantasmales de los bosques; eran muchos y muy hábiles. Esta tarde, cuando tuvo a los animalillos cerca, se quedó quietecilla...por primera vez podía tenerlos de cerca y saber cómo eran, de qué color era su suave piel, cómo movían acompasadamente sus piernas, cómo estiraban sus esbeltos cuellos y cómo había de diversos tamaños...unos con ramificados cuernos, otros con sus frentes lisas, otros pequeñitos con manchas en sus cuerpos, otros más grandes sin manchas. Quiso contemplar su dulce mirar y verse en sus grandes ojos negros, similares a los de ella. Pero tan pronto se acercó, salieron despavoridos a perderse.

Ella daba vueltas en redondo esperando que los animalillos retornaran. Y en un momento se fue a la quebrada a tomar agua. No pudo hacerlo porque allí estaban ellos bebiendo. Y sucedió que el más chiquito se paró en una piedra lisa, muy jabonosa y resbaló al agua. Inútiles fueron los esfuerzos de la madre por salvar a su pequeño y tuvo que conformarse desde la otra orilla al ver cómo otro ser lo sacaba del agua y por el momento le salvaba la vida. Ese otro ser era Toquilla y al salvarlo quiso ponerlo de pie para que fuera con su madre que lo miraba horrorizada desde el otro lado... Pero el servatillo no pudo apoyar una de sus patas... quería quedarse acostado y no levantarse... una de sus patas traseras estaba herida. Entonces Toquilla lo alzó y se lo llevó a su casa de la montaña.

Toda la familia corrió con curiosidad a mirar ese extraño animalillo que traía Toquilla. Era efectivamente los que de un momento a otro se veían corriendo a los lejos... y preguntaban a Toquilla de dónde lo había sacado.

Qué iba a imaginar Toquechá que más cerca de lo que él pensaba estaban los dos seres que más anhelaba tener con él:

la niña de sus sueños y uno de los venados de su creación.

Cuando Sué se ocultaba, Toquechá y sus amigos veían muy lejos que no eran dos los animalillos que veloces corrían: eran diez, tal vez veinte, de pronto más, de diferentes tamaños, con cornamenta y sin ella.

El día acordado y antes de que Sué saliera, ocho hombres se reunieron con Toquechá para ir a la cacería de alguno de los animales, ojalá uno macho, con la cornamenta izando su frente.

Entretanto, Toquilla jugaba con Chihica, como había llamado al animalillo desconocido que había salvado de las aguas. –¡Chihica! –lo llamaba, y el venado acudía a comer de sus manos. Como ya estaba curado, Toquilla deseaba devolverlo a sus padres y hermanos para que todos juntos vagaran por los montes y bosques, y se iba con él a la espera de encontrarlos para que el pequeño retornara a su hogar.

Ya todo estaba listo para que Toquechá saliera a probar el *quesque* con los animalillos. Como en sus sueños no los podía alcanzar, esperaba que la realidad sí se lo permitiera.

Se reunieron antes de que Sué apareciera en el firmamento, en el bohío del Cacique de Iraka y los nueve valientes guerreros salieron a emprender la cacería. Se había acordado que solamente Toquechá dispararía el *quesque*, quien estaba ansioso por probar tan ingeniosa arma. El sentía que la manejaba perfectamente.

Dos días anduvieron por el bosque. Al atardecer del segundo día, cuando Sué ya se alistaba para acostarse, todos se detuvieron de un solo tajo. Quedaron inmóviles, paralizados. Allá, en lo alto del cerro estaban los ansiados animales.... Toquechá se animó y todos avanzaron cautelosos sin hacer el más mínimo ruido.

En silencio, siguieron las instrucciones del jefe Toquechá, quien iba al frente. Sigilosamente levantó el arma y lo puso en su boca; el dardo voló veloz por el aire y sólo el bbbzzzzzzzzz se escuchó en el ambiente. En ese instante otro cuerpo se interpuso entre la mortífera punza y el cornado venado.

Sí. Era la chiquilla de los negros ojos brillantes quien se había interpuesto. Juntos, Toquilla y Toquechá habían encontrado la manada al tiempo, y en ese instante la pequeña yacía tendida sobre la hierba.

El horror y el dolor se apoderaron del rostro de Toquechá. Era ella. Por fin la veía de carne y hueso, y no nebulosa como se le aparecía en sus sueños... Pero ni en la realidad ni en los sueños la había podido alcanzar.

La tomó en sus brazos... en su pecho el dardo había causado estragos. Cuidadosamente lo sacó y chupó la herida. Sus enormes ojos abiertos lo miraban y con un hilo de voz le dijo:

–Soy Toquilla. Y ese animalillo es Chihica. Lo encontré herido en la quebrada y lo cuidé... Hay algo en sus ojos y en los míos que nos acerca. Llévalo, cuídalo y cada vez que lo mires me verás reflejada en sus negras pupilas. –Y cerró los ojos.

Sobre las mejillas del valiente guerrero resbalaron las lágrimas. Alzó el cuerpo inerte de la pequeña y lo llevó al poblado y luego, con las ceremonias propias de las altas dignidades, se le enterró en el lugar donde él había moldeado a los chihicas, los venados.

El valle donde encontró y murió la Chiquilla, lo llamó Toquilla. A su muerte embalsamaron al ya crecido Chihica y junto a él, enterraron el arma que luego se convirtió en el principal objeto de cacería de todos los chibchas.

Los chihicas, sólo podían consumirlos los caciques y sus familias, pues su origen divino y el hecho de que la chiquilla hubiera entregado su vida para dar a conocer los animales que vagarían indefensos por los bosques, no permitía que gentes del común los comieran.

Toquechá no volvió a soñar ni con ella, ni con los animalillos. Ya todos los misterios de sus sueños se habían resuelto. Ya había recobrado la tranquilidad perdida. Y en todos los nativos del lugar quedó la creencia de que los ojos de venado traen suerte a quien los porta, como si fuesen un amuleto que protege de ansiedades y tristezas.

Y en estos relatos de los mitos chibchas, no puede faltar el granito mágico. Un fruto maravilloso que no sólo llegó a los chibchas, sino que se expandió en toda América desde épocas inmemorables y que se conserva hoy como alimento primordial. El cereal que podía y puede convertirse en bebida alcohólica, la chicha, utilizada en las fiestas y para dar fortaleza a los guerreros; o en bebida dulce para calmar la sed de las largas jornadas de trabajo con el sol abrasador; o en bebida caliente y de sal, como cuando se prepara en una deliciosa sopa. Granito mágico, porque también puede convertirse en comida sólida: en una exquisita arepa, un envuelto relleno de dulce de guayaba, o en un tamal para las ocasiones especiales. Fantástico porque sin convertirlo en nada es delicioso: una mazorca cocinada en agua o asada a la brasa. ¡Todos nosotros hemos comido maíz! Todos nosotros hemos comido Atiba como lo llamaban los chibchas.

Una espiga mágica que puede guardarse y conservarse y no dañarse, y entonces permite disfrutar del tiempo libre. Una semilla mágica que le dio vida a todos los chibchas y todos los pobladores de América, y que no lo trajo el viento, sino que apareció con la ayuda del hombre. Que recogió las barbas de otros árboles para cubrirse. Que es útil en todo. Magia que no nació de la nada sino de un hombrecillo llamado Picará, con la ayuda de Bochica y de un pájaro negro. Picará, con ansiedad y no muy buena gana, tuvo que resignarse y tener paciencia por perder sus hermosos guijarros de oro, que un comprador le dio por una manta. Pero que luego, con el correr del tiempo, y con la paciencia, hubo maíz duro y maíz blando, maíz amarillo, maíz blanco, maíz colorado, maíz negro, maíz rojizo... Maíz para todos los gustos y sabores.

Pero, ¿cómo hizo Picará para saber qué era el maíz? ¿Cómo fue que se creó?

Aquí va la historia:

Era Picará un hombre viudo, muy trabajador y dedicado al comercio. Llevaba loza, idolitos de oro y barro, sal, mantas de aquí para allá y de allá para acá y con lo que ganaba sostenía la familia. Algunas veces cambiaba las cosas por alimentos o por otras mercancías, y en otras, recibía unos discos lisos

de oro que, dependiendo de su tamaño, podía cambiarlos en el mercado por muchos o pocos alimentos.

Era una época de escasez y de hambre, y Picará no tenía sino unas finas mantas de algodón para vender. Todo se había acabado y su única esperanza era comercializar esas cobijas. Ellas eran una excelente opción ya que por su importante significación cultural se vendían muy bien: cuando un joven deseaba casarse, le regalaba una manta a la joven que enamoraba; cuando ganaban las carreras de correr la tierra, el premio era una manta; con mantas se agradecía a los jeques sus sacrificios, rezos y ofrendas. Así pues, Picará, esperaba encontrar un muy buen cliente para su hermosa mercancía.

Se fue al mercado y allí las logró vender muy bien, a un hombre que no había visto nunca por aquellos lados y que no se las cambió por alimentos ni otros objetos, pero tampoco le dio los delicados discos de oro, que estaba acostumbrado a recibir. El hombre le dio unas pepitas de oro, que parecían recién extraídas de algún río dorado.

¡Picará no objetó para nada el trueque! Por el contrario, iba muy feliz pues esas pepitas no sólo le alcanzaban para los alimentos, sino para arcilla y con ella hacer ollas, e incluso alguna que otra figurita de oro. Iba caminando, sacó la chuspa donde tenía las pepitas para contemplarlas y saber cómo las distribuiría, cuando de repente, un ave negra le arrebató la chuspa. Picará entró en cólera y le gritó al animal que le devolviera su talega. Pero todo fue inútil. El ave sin esfuerzo y sorda a los llamados del indio voló al cielo azul con la bolsa entre su pico. En un descuido y por tratar de emitir un grito de triunfo a Picará, el ave abrió su pico y dejó caer la talega al campo.

Corrió presuroso Picará al campo donde cayeron los guijarros para recogerlos; en ese momento se le presentó el dios Bochica y con el destello de su presencia no le permitió recoger nada. El dios civilizador recogió con calma cada uno de los granos, abrió varios huecos en la tierra y ante la mirada incrédula de Picará, depositó de tres a cinco granitos en cada uno de los huecos que abrió. Luego, uno a uno, los cubrió.

–¿Qué haces, Bochica? Ese oro es para dar de comer a mi familia. No servirá de nada si tú lo sepultas.

–Precisamente, Picará. Espera. No te enfades y ten paciencia. ¡La paciencia es sabia... recuérdalo siempre! ¡No olvides este lugar! Vete y regresa cuando haya pasado la luna nueva. Encontrarás de nuevo tu oro –dijo el dios, y desapareció lentamente en el horizonte... Su figura se fue borrando, borrando antes de desaparecer por completo.

Quiso Picará contradecirle, argumentarle, explicarle, pero el dios no dio espera y él no tenía otra opción diferente a obedecerle. Pensaba que evidentemente iba a morir de hambre y ya el dios no estaba como para pedirle auxilio. Comprendió que no podía revelarse ante la voluntad divina, y angustiado y silencioso retornó a su hogar a esperar a que el tiempo pasara.

La diosa Chía, la luna, se paseó lentamente noche a noche y Picará la observaba ansioso. Creía que nunca llegaría el día en que se pusiera llena. Pero como siempre pasa, el tiempo transcurrió, y el plazo dado por Bochica se cumplió.

Se armó de valor Picará y acudió al lugar. No sabía cómo hallaría sus granos de oro. De seguro, estarían cubiertos de maleza, húmedos y con moho... Pero su sorpresa fue mayor. En el lugar donde el dios hizo tan misteriosa siembra, encontró un jardín con abundantes y hermosas plantas, con el tamaño de un hombre, con robustos tallos del que nacían angostas, largas y alternas hojas. Exhibían los troncos unos choclos, unos abultamientos, que no tenían nada: estaban desnudos.

De repente, ante los ojos de Picará, sopló el viento y arrebató el musgo de los árboles vecinos y cubrió con ellos los choclos desnudos. Delicadamente cubrió uno a uno su desnudez, y sintiéndose vestidos, comenzaron a hermosearse. Pero de eso no se dio cuenta Picará.

Se devolvió Picará desilusionado de su hallazgo. Qué riqueza más extraña la que le arrebató primero el ave y luego Bochica y ahora convertida en una bella planta pero sin frutos. ¡Todo lo que tenía se había perdido! Debía comenzar de la nada.

Pasaron los días en que el dios Sol, Sué, con su máscara de oro, se derramaba sobre siembras y chozas de los chibchas, iluminándolo todo. Días después contó Picará lo sucedido a sus hijos y a sus vecinos, para que le ayudaran en su desgracia y pudiera comenzar de nuevo. Todos planearon ir a aquel extraño lugar a conocer las plantas de que hablaba Picará.

Extasiados quedaron. Con el pasar de varias lunas las hojas habían perdido su color verde y estaban amarillentas. Y en las cañas, un envoltorio cubría algo… parecía un bebé abrigado en sus mantas y cobijas, y al finalizar unas barbas carmelitas sobresalían. No pudo contener Picará el deseo de saber qué había oculto en ese envoltorio y fue sacando una a una la tela que lo cubría. Cuando terminó, vio sus granos de oro pegados al choclo y sonriente lo levantó para que todos lo vieran.

Todos gritaron Atiba… Atiba…¡El gran tesoro!

Y así nació el maíz hace miles de miles de años. Un grano mágico de oro para dar alimento a la humanidad. El cereal de América. El cereal que no sólo se consume así, solo, o en bebidas, o en arepa o en tamal… El que también viene en cajas transformado en pequeñas láminas, ideal para iniciar el día con un delicioso desayuno: las hojuelas del maíz tostado…

Dioses chibchas

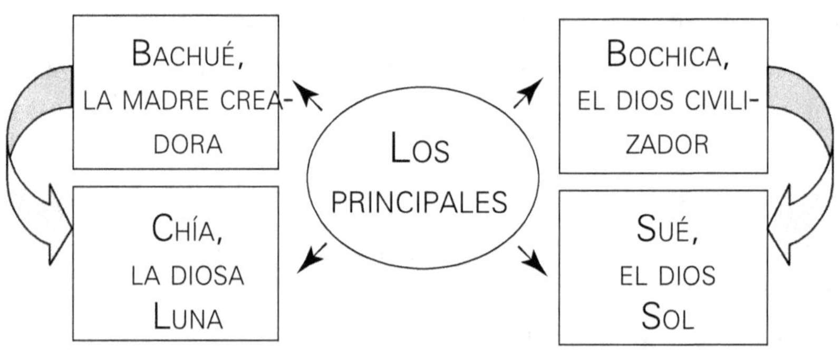

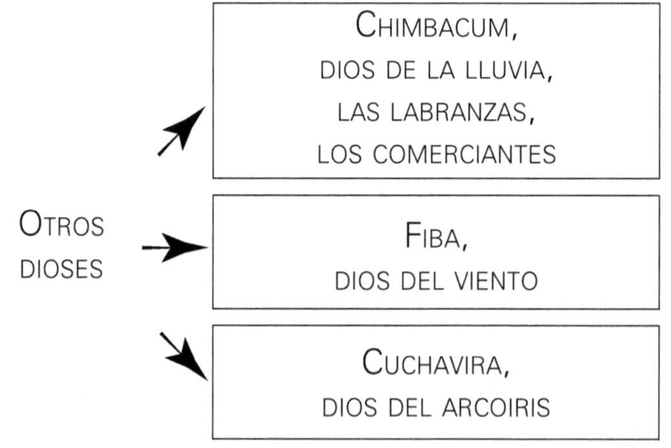

CAROLINA
PRIETO MOLANO
Los sueños de la india Mongua

Leer a Carolina Prieto Molano es aproximarse al juego de contrastes que ella misma es en su vida. El juego entre la juventud y la madurez; entre la alegría desbordante y la melancolía de una circunstancia; entre el ancestro de los "conquistadores" europeos y el ancestro indígena que —primordialmente— palpita en su ser.

Es adentrarse en temas olvidados, pensados y escritos de diferentes formas y para diferentes públicos, con el deseo de transmitirlos desde un sentido lúdico a todos los lectores. Su libro, *Hasta la tierra es mestiza* resalta la riqueza de las razas en nuestro comportamiento indoamericano por medio de crónicas de mestizaje cultural. En *Cuentos* le apuesta a la creación literaria y disfraza de ficción la realidad. En la carta literaria *Y de su pico brotaron palabras* se enfrenta al sentimiento del "Coronel no tiene quien le escriba" (de Gabriel García Márquez) escribiéndole al personaje para que obtenga la anhelada carta: sólo que la imaginación desborda la realidad y quien escribe es el gallo.

En *Mitos y Leyendas Chibchas*, libro dirigido al público infantil y juvenil —pero que igualmente permite ser gozado por otros públicos— el ancestro indígena surge con más fuerza y lo hace a partir de la génesis de la humanidad: desde *Bachué*, la madre creadora de los indígenas chibchas o muiscas. Cultura asentada en el altiplano de las tierras de Cundinamarca y Boyacá, cuya mitología la ha cautivado desde muy niña.

Es ese espíritu de niña-mujer el que muestra en sus textos, y en este libro con mayor énfasis. Para hacer sentir al lector niño, un niño antiguo: pues lo conduce a la época precolombina y tal vez por ello, a sentirse extraño: muy cercano a los ancestros indígenas que merodean con diversos nombres por América, pero al mismo tiempo muy lejano, por la ausencia de conocimiento que se tiene de ellos.

Los contrastes continúan. Carolina Prieto Molano escribe asuntos muy serios e importantes para organismos internacionales en diferentes temáticas de Ciencia y Tecnología. Pero también investiga y se adentra en la cultura para contarle a niños y jóvenes relatos de cómo los indígenas contemplaron la creación de venados y guacamayas.

Son los sueños de una india Mongua, plasmados en letras sobre un papel; porque aunque bogotana de nacimiento, conserva en su memoria las historias de la familia de su padre, nacido en Mongua —una población indígena ubicada en un rincón de Boyacá— para contarlas y lograr que el mito cobre realidad. Es ese placer por descubrir en las cosas simples la alegría de una vida bien vivida, de contar y contar y nunca acabar.

Y ese sueño de nunca acabar, es la esperanza de quienes la leemos. Que en su constante búsqueda, los temas la asalten y nos atrape con sus letras.

9 789582 007195